Georg Jellinek

Die Beziehungen Goethe's zu Spinoza: Vortrag gehalten im Vereine der Literaturfreunde zu Wien

Antigonos

Georg Jellinek

Die Beziehungen Goethe's zu Spinoza: Vortrag gehalten im Vereine der Literaturfreunde zu Wien

Unveränderter Nachdruck der Originalausgabe von 1878.

1. Auflage 2024 | ISBN: 978-3-38672-520-0

Antigonos Verlag ist ein Imprint der Outlook Verlagsgesellschaft mbH.

Verlag: Outlook Verlag GmbH, Zeilweg 44, 60439 Frankfurt, Deutschland
Vertretungsberechtigt: E. Roepke, Zeilweg 44, 60439 Frankfurt, Deutschland
Druck: Libri Plureos GmbH, Friedensallee 273, 22763 Hamburg, Deutschland

DIE BEZIEHUNGEN

GOETHE'S ZU SPINOZA.

VORTRAG

GEHALTEN

IM VEREINE DER LITERATURFREUNDE ZU WIEN

VON

DR. GEORG JELLINEK.

WIEN, 1878.

ALFRED HÖLDER,

K. K. HOF- UND UNIVERSITÄTS-BUCHHÄNDLER,

ROTHENTHURMSTRASSE 15.

I.

Es war am Sonntag vor Fasten im Jahre 1677. In
dem Hause des Malers Heinrich van der Spyck auf dem
Pavilloengragt im Haag hatte sich die Familie schon früh
festlich geschmückt, um würdig in der Versammlung des
Herrn zu erscheinen. Noch ehe sie sich zum Fortgehen an-
schickten, trat zu ihnen ein Mann herein, der kaum das fünf-
undvierzigste Lebensjahr erreicht haben mochte. Lange, schwarze
Locken umgaben sein olivenfarbenes, bleiches Gesicht, aus dem
zwei grosse, dunkle Augen mit stillem Glanze hervorleuch-
teten. Er begrüsste mit freundlicher, ruhiger, aber leiser
Stimme seinen Hauswirth — denn es war der langjährige
Miether eines Zimmers bei van der Spyck, der sich durch das
Schleifen optischer Gläser seinen Lebensunterhalt verdiente —
und erkundigte sich eingehend, was denn am vergangenen
Tage der Geistliche Schönes und Erbauliches gepredigt habe.
Dann ermahnte er die Kinder, recht fromm und aufmerksam
in der Kirche zu sein, damit auch sie ihm erzählen könnten,
was sie von der Kanzel herab hören würden. Denn er selbst,
dessen Anzug zwar anständig, aber ärmlich und wochentäg-
lich war, hatte nicht die Absicht zur Kirche zu gehen und
sein frommer Wirth fand es durchaus nicht befremdlich.
Wusste er doch, dass sein Miether kein Christ war, dass
dieser schon in jungen Jahren zu Amsterdam von seinen
Stammesgenossen, den Juden, unter dem entsetzlichsten aller

Flüche aus ihrer Mitte ausgestossen worden war, weil er die göttliche Autorschaft der Bücher Mosis bezweifelt hatte, dass ihn seitdem kein persönliches Bedürfniss dazu trieb, irgend eine, dem Dienste einer Religion geweihte Stätte zu besuchen. Er hatte gehört, dass der bleiche Mann es später gewagt habe, an alle heiligen Schriften das schneidende Messer der Kritik anzusetzen, dass Geistliche und Gläubige aller Confessionen ihn ob solch' unerhörten Beginnens mit dem Anathem belegt hatten. Es ging sogar das dunkle Gerücht, dass jener Gläserschleifer seine intimen Freunde und Schüler zum Atheismus bekehren wolle, dass er heimlich lehre, es gebe keinen Gott, keine Unsterblichkeit der Seele, keine Freiheit des menschlichen Willens. Und doch liebten ihn alle, die mit ihm persönlich in Berührung kamen. Denn er stritt mit Niemand, störte Niemand in seinem Glauben, suchte Niemand zu bekehren, sondern vielmehr jeden in dem Festhalten an seiner Religion zu bestärken. Er war so sanft und friedfertig, wie es nur ein wahrhaft Gottesfürchtiger sein konnte und trotz des düstern melancholischen Zuges, der auf dem blassen Antlitze lagerte, war er von einer unerschütterlichen Heiterkeit erfüllt. Nie kam eine Klage oder auch nur eine bittere Bemerkung über seine Lippen, trotzdem er von den Menschen so viel erduldet hatte. Es schien, als wären Schmerz und Trauer, die mächtigsten Dämonen der Menschen, gänzlich unvermögend, sich einen Platz in dieser Seele zu erobern. Aus jedem seiner Worte leuchtete die tiefe, unergründliche Ruhe eines Gemüthes hervor, das alle Kämpfe gekämpft, alle Zweifel gehoben, alle Leidenschaften besiegt hat. Vor allem war es zu verwundern, wie er, an dessen schwachem Körper die Schwindsucht mit hastiger Eile zehrte, so gar keine Furcht vor dem Tode zeigte und behauptete, dass der Weise über nichts weniger nachdenke, als über den Tod, denn alle Weisheit sei nicht des Todes, sondern des Lebens Betrachtung.

Auch heute, wo er bleicher und kränker als je schien, nahm er mit der gewohnten heiteren Ruhe von seinem Wirthe Abschied. Er sollte ihn nicht mehr wiedersehen. Um drei Uhr Nachmittags starb Baruch oder Benedict de Spinoza — Baruch oder Benedict bedeutet auf deutsch der „Gesegnete“, ein seltsamer Name für einen, den die Menschen verflucht haben.

Der Hauswirth säumte nicht, einen ihm von dem Todten oft eingeschärften Auftrag zu erfüllen und sandte an den Freund und Verleger des Verstorbenen, den Buchhändler Johann Rieuwerts in Amsterdam das verschlossene Pult des Spinoza, welches seine Briefe und Schriften enthielt. Noch in demselben Jahre erschienen die nachgelassenen Werke des berüchtigten Mannes. Das vornehmste unter ihnen, überschrieben: Ethik, mittelst geometrischer Methode bewiesen, übertraf noch bei weitem alle bösen Erwartungen, welche man von der Lehre des verstossenen Amsterdamer Juden gehegt hatte. Da traf man gleich auf den ersten Seiten die Behauptung, dass Gott eins sei mit der schaffenden Natur, dass wir ihn nicht nach menschlicher Analogie als ausgerüstet mit menschlichem Verstand und Willen uns vorstellen dürfen; dass Denken und körperliches Sein nicht zwei getrennte Substanzen seien, sondern nur zwei verschiedene Seiten, welche uns das einige göttliche Wesen zeige. Diese Gott-Natur wirke nur nach den ewigen Gesetzen ihres Wesens, sie bringe alle Dinge mit derselben unabänderlichen Nothwendigkeit hervor, mit der im Dreieck stets drei Winkel gegeben sind, die zusammen zwei Rechten gleich sind. Da wurde ferner gelehrt, dass gut und böse nur in den Meinungen der Menschen existire, vor der ewigen Gott-Natur aber alle Handlungen den gleichen Werth besitzen, weil alle mit derselben Nothwendigkeit geschehen; dass alle egoistischen Leidenschaften den Menschen unfrei und ohnmächtig machen, dass nur die Erkenntniss dieser Wahrheiten die echte Freiheit des Geistes und die wahre Tugend herbeiführe, welche ihren Lohn in sich selbst trägt; dass das selige Gefühl, welches den Denker durchströmt, wenn er alle anderen Triebe überwunden hat und nur den ewigen Zusammenhang der Dinge zu erforschen strebt, ein Schauen Gottes und zugleich die echte und wahre Gottesliebe sei, welche nicht nach Gegenliebe verlange, die selbst ein Theil der unendlichen Liebe, mit welcher die Gottheit, die ja in allem und daher auch in unserer Liebe ist, sich selbst liebe. In dieser Liebe, welche das All und deshalb auch alle

Menschen umfasst, seien alle selbstsüchtigen Leidenschaften untergegangen, eine erhabene Resignation trete an die Stelle steten, schmerzlichen, unerfüllbaren Wollens und die tiefste Ruhe und Heiterkeit des Geistes sei die unmittelbare Folge der intellectualen Liebe zu Gott. Alle diese Sätze waren in der Art bewiesen, wie man die Lehren der Geometrie beweist, indem die aufgestellten Behauptungen auf einfache Axiome zurückgeführt wurden, deren Gewissheit als unzweifelhaft vorausgesetzt worden war.

Das Entsetzen, das dieses Buch erregte, war unbeschreiblich. Die Generalstaaten verboten es; nur Wenige wagten es, sich zu den darin enthaltenen Doctrinen öffentlich zu bekennen, die noch dazu von diesen Wenigen nicht verstanden wurden. Es wurde beklagt, widerlegt, verhöhnt, verflucht. Wie diejenigen, welche sich eingehend mit der Ethik des Spinoza beschäftigt hatten, über die darin enthaltenen Sätze urtheilten, mag aus folgender Stelle eines Buches hervorgehen, welches zwei Decennien nach dem Tode des Gläserschleifers vom Haag über seine vielberufene Lehre geschrieben wurde: „Ich habe nicht Noth zu sagen, dass es die entsetzlichsten Absurditäten sind, dieweilen sie schon von dem allgemeinen Gefühle der Menschen dafür gehalten werden; sondern allein den keuschen Ohren abbitte zu thun, die ich durch den blosen Vortrag der Abscheuligkeiten beleidigt habe. Ich selbst möchte das Menschliche Geschlecht anpfuyen, dass es auff solche Satanische Künste jemahl gerathen ist und mit Augustino sagen: Ich schähme mich des Menschlichen Geschlechtes, dessen Hertzen und Ohren solche Dinge haben vertragen können." Das mag als Probe dienen, wie die Welt die Philosophie des Amsterdamer Juden aufnahm. Sie gerieth auch bald in Vergessenheit, die nur allzu verdient schien. Es kam jenes Geschlecht der Aufklärer, welches so glücklich war, in der menschlichen Vernunft die nothwendigen Ideen Gottes, der Seele, der Willensfreiheit zu finden und daher nur mit ungläubigem Lächeln von einem Menschen hören konnte, der den Gesetzen des Menschengeistes so widerstrebendes Zeug behauptet haben sollte, wie Spinoza. Diese Philosophen, welche sich weiser dünkten, als alle vorangegangenen Generationen insgesammt, hatten keine

Zeit und Lust, sich mit den Grillen eines eigensinnigen Starrkopfes auseinanderzusetzen. Das grosse Publicum kümmerte sich nicht um ein Buch, dessen wunderlicher mathematischer Bau mit seinen Axiomen, Definitionen, Propositionen, Corollarien, auch einen Gebildeteren von der Lecture abstossen musste. Man sprach von Spinoza, wie man von einem todten Hunde spricht, so hören wir später aus dem Munde Lessing's, und man sprach nur dann von ihm, wenn man dem todten Hunde einen Fusstritt versetzen wollte.

II.

Beinahe ein Jahrhundert war verflossen, seitdem der wenig betrauerte Verfasser der Ethik aus dem Leben geschieden war, da fand der junge Goethe in der Bibliothek seines Vaters eines jener Bücher, in welchem die Philosophie des Atheisten Spinoza mit der höchsten sittlichen Entrüstung angegriffen war; um den Abscheu vor dem entsetzlichen Menschen zu vermehren, war der Schrift ein Kupferstich vorangestellt, auf welchem eine erbärmliche Fratze zu sehen war, welche das Bild des Gottesläugners darstellen sollte. Zum Ueberflusse standen darunter die erläuternden Worte: Er trägt das Zeichen der Verwerfung und Verworfenheit im Angesichte. Das Buch machte den jugendlichen Dichter neugierig, sich näher um den hart bekämpften Mann zu erkundigen und da er in einem anderen Werke las, dass der höchst verworfene Atheist ein milder, sanfter, friedliebender Mensch gewesen sei, so eilte er zu dessen Schriften, die er schon früher einmal durchblättert hatte, um sich ein selbständiges Urtheil über den verlästerten Denker zu bilden.

Diese Lecture sollte epochemachend in dem Leben des jungen Genius werden. Nicht Abscheu und Entsetzen überfiel ihn, als er in die berüchtigte Ethik hineinblickte, nein, aus den scheinbar so trockenen Sätzen wehte den von stürmischer Jugendkraft erfüllten Jüngling eine Friedensluft an, die ihm die heisse Stirne kühlte; er glaubte, indem er in sich selbst schaute, die Welt niemals so deutlich erblickt zu haben.

Als Goethe im Sommer des Jahres 1774 mit Friedrich

Heinrich Jacobi zusammentraf, da war die Ethik des Spinoza der Mittelpunkt ihrer Gespräche. Jacobi, dessen Briefen über die Lehre des Spinoza die Welt elf Jahre später die richtige Kenntniss des Philosophen verdanken sollte und der damals schon tiefer in den Geist Spinoza's eingedrungen war, leitete das dunkle Bestreben Goethe's, der den Geist des einsamen Denkers mit genialem Blicke erschaut hatte, ohne sich in ein eigentliches Studium seiner Werke einzulassen, und suchte es aufzuklären. Die beiden Männer tauschten ihre tiefsten Ideen über die göttlichen Dinge aus und diese reine Geistesverwandtschaft erregte in dem herrlichen Dichterjünglinge ein leidenschaftliches Verlangen fernerer Mittheilung. Nachts, als sie sich schon getrennt und in ihre Schlafzimmer zurückgezogen hatten, suchte Goethe den Freund nochmals auf. Der Mondschein zitterte über dem breiten Rheine und sie, am Fenster stehend, schwelgten in der Fülle des Hin- und Wiedergebens, das in der herrlichen Zeit der Entfaltung so reichlich aufquillt.

Die tiefe Begeisterung und Verehrung für Spinoza, die Goethe damals gefasst hatte, haben ihn sein ganzes Leben hindurch begleitet. „Ich fühle mich dem Spinoza sehr nahe, obgleich sein Geist viel tiefer und reiner ist, als der meinige," schreibt er 1784 an Knebel. Als ein Jahr später Jacobi in seinen Briefen über Spinoza die Behauptung aufgestellt hatte, dass der Spinozismus zwar die einzig mögliche Vollendung des philosophischen Denkens darstelle, dass dieses aber unfähig sei, dem reinsten Triebe unserer Natur, dem Triebe, Gott zu erfassen, Genüge zu thun, dass nur durch die fühlende Vernunft, durch den Glauben die Gottheit uns offenbar werde und daher alle auf den blossen Verstand gegründete Philosophie, zumeist aber der Spinozismus, Atheismus sei, da protestirte Goethe in der entschiedensten Weise gegen diese Auslegung. „Du weisst, dass ich über die Sache selbst nicht deiner Meinung bin," ruft er dem Freunde zu, mit dem er ehedem so schön harmonirte, „dass mir Spinozismus und Atheismus zweierlei ist, dass ich den Spinoza, wenn ich ihn lese, mir nur aus sich selbst erklären kann, und dass ich, ohne seine Vorstellungsart von

Natur selbst zu haben, doch wenn die Rede wäre, ein Buch anzugeben, das unter allen, die ich kenne, am meisten mit der meinigen übereinkommt, d i e E t h i k nennen müsste. Ich halte mich fest und fester an die Gottesverehrung des Atheisten und überlasse Euch Alles, was Ihr Religion heisst und heissen müsst. Wenn Du sagst, man könne an Gott nur g l a u b e n, so sage ich Dir, ich halte viel auf's s c h a u e n, und wenn S p i n o z a von der anschauenden Erkenntniss spricht und sagt: „„Diese Art der Erkenntniss schreitet fort von der klaren Idee des formalen Wesens gewisser Attribute Gottes zur klaren Erkenntniss vom Wesen der Dinge““, so geben mir diese wenigen Worte Muth, mein ganzes Leben der Betrachtung der Dinge zu widmen, die ich reichen und von deren formellem Wesen ich mir eine klare Idee zu bilden hoffen kann, ohne mich im mindesten zu bekümmern, wie weit ich kommen werde und was mir zugeschnitten ist." S p i n o z a „beweist nicht das Daseyn Gottes, das Daseyn ist Gott. Und wenn ihn Andere deshalb *Atheum* schelten, so möchte ich ihn *theissimum* und *christianissimum* nennen und preisen". Der Gotterfüllteste und Allerchristlichste! Man möchte kaum glauben, dass es jener verstossene, verfluchte, geächtete Jude ist, dem der gewaltigste Dichter der neuesten Zeit, selber der Gotterfülltesten einer, diese höchsten Ehrentitel verleiht!

Als J a c o b i im Jahre 1811 in seiner gegen S c h e l l i n g gerichteten Schrift „von den göttlichen Dingen" die These aufgestellt hatte, die Natur verberge Gott, da berichtet uns G o e t h e in den Annalen, wie er im S p i n o z a Trost gegen diesen ihn tief verletzenden Satz gesucht habe. „Musste bei meiner reinen, tiefen, angeborenen und geübten Anschauungsweise, die mich Gott in der Natur, die Natur in Gott zu sehen nnverbrüchlich gelehrt hatte, s o d a s s d i e s e V o r - s t e l l u n g s a r t d e n G r u n d m e i n e r g a n z e n E x i s t e n z m a c h t e, musste nicht ein so seltsamer, einseitig beschränkter Ausspruch mich dem Geiste nach von dem edelsten Manne, dessen Herz ich verehrend liebte, für ewig entfernen? Doch ich hing meinem schmerzlichen Verdrusse nicht nach, ich rettete mich vielmehr zu meinem alten Asyl und fand in S p i n o z a's Ethik auf mehrere Wochen meine tägliche Unterhaltung, und da sich indess meine Bildung gesteigert hatte, ward ich im schon Bekannten gar manches, das sich neu und anders hervorthat, auch ganz eigen frisch auf mich einwirkte, zu meiner Verwunderung gewahr."

Sulpiz Boisserée erzählt, dass Goethe noch im Alter die Ethik bei sich zu führen pflegte. In Wahrheit und Dichtung erinnert sich der Greis mit grosser Lebendigkeit, wie er in der Jugend der leidenschaftlichste Schüler, der entschiedenste Verehrer des Spinoza wurde und berichtet, wie die Bekanntschaft mit dem Philosophen, trotzdem er nie dessen Werken ein eindringendes Studium gewidmet habe, eine tiefgehende Wirkung auf sein Dichten und Denken hatte.

III.

Welcher Art war nun diese Wirkung und welcher Art nur konnte sie sein? Um diese Fragen zu beantworten, müssen wir versuchen, tiefer in das Wesen des Goethe'schen Geistes einzudringen. Um sein Verhältniss zum Philosophen zu verstehen, müssen wir erforschen, wie Goethe über Gott und Welt dachte, wie er seiner Eigenart gemäss darüber denken musste.

Es gibt drei Weisen, das Unbegreifliche, Ideale, Göttliche zu erfassen. Man kann sich von ihm bedingt und abhängig fühlen, das thut die Religion; man kann es zu begreifen versuchen, das will die Philosophie; man kann es endlich anschauen und im Bilde, im Tone, im Worte festhalten, das ist das Werk der Kunst. Der echte, wahre Künstler hat sein eigenes Verhältniss zu dem Göttlichen, das ihn ganz durchdringt und befriedigt. Darum kann der echte Künstler nicht Religion haben im gewöhnlichen Verstande des Wortes, darum kann er nicht Philosoph sein. Goethe sagt selbst, dass er nie den Spinoza eigentlich studirt habe, dass dessen Gedankengebäude nie völlig überschaulich vor seiner Seele gestanden habe, weil ihm das seine Vorstellungsart und Lebensweise nicht erlaube. Er fand einen Geist, der im tiefsten Grunde seines Wesens mit ihm übereinstimmte, der dieselbe Betrachtungsweise der Dinge, wie er, wenn auch gerade auf die entgegengesetzte Art besass und das zog ihn an. Sein Verhältniss zu ihm war nicht das eines Schülers zum Meister, sondern das eines Souveräns zu einem andern Souverän. Darin unterscheidet er sich von Schiller, der unbedingt ein Schüler der Kantischen Philosophie war. Schiller war Kantianer, Goethe war nicht Spinozist. Es erfüllt mich immer mit tiefer Wehmuth, wenn ich den Brief lese, den Schiller an Goethe am 7. Jänner 1795 nach der Lectüre des Wilhelm Meister schrieb. Hier drückt er aus, wie tief er den Abstand zwischen dem Genius seines Freundes und dem seinigen fühle, der nicht so durchaus künstlerisch sei, dass er ihn von philosophischen Speculationen abhielte. Wenn er von einem Product, wie Wilhelm Meister, in dem alles so heiter, so lebendig, so harmonisch aufgelöst und so menschlich wahr sei, in das philosophische Wesen hineinsehe, so erscheine ihm hier alles so strenge, so rigid, so abstract und so höchst unnatürlich. „So viel ist gewiss,“ ruft er schmerzlich und begeistert zugleich aus, „der Dichter ist der einzige wahre Mensch und der beste Philosoph ist nur eine Caricatur gegen ihn.“

Es gibt zweierlei Künstlernaturen. Die einen, von dem unendlichen Drange nach dem Idealen erfüllt, suchen es aus dem Jenseits, in dem es sich befindet, herabzuziehen auf die Erde oder die Sterblichen zu begeistern, sich zu ihm durch den Gedanken aufzuschwingen. Die Welt der Wirklichkeit enthält ihnen nicht das Höchste, sondern dieses thront in einer Welt, die nicht sinnlich vorhanden ist, sondern erst werden soll. Ihr Bestreben ist es, diese sein sollende höhere Welt zur Existenz zu bringen und den spröden irdischen Stoff nach den Anforderungen des Idealen zu gestalten. Das sind die leidenden, ringenden, kämpfenden, siegenden Künstlernaturen, oft von titanischer Gewalt erfüllt, die gleich dem Herkules durch schwere Mühen den Himmel erobern. Als ihre grössten und edelsten Repräsentanten erscheinen Michel Angelo, Beethoven, Schiller. Die anderen hingegen, welche die Götter vor der Geburt schon liebten, die Venus im Arme gewiegt, finden das Ideale schon hier verwirklicht, oder vielmehr es verwirklicht sich ihnen, ohne dass sie es ahnen, es quillt ihnen hervor aus der Harfe, dem Pinsel, dem singenden Munde. Für diese Geister, deren ein Jahrtausend nur wenige hervorbringt — man könnte alle, die je gelebt haben, an den Fingern abzählen — für sie ist das Göttliche nicht in einem Jenseits vorhanden, sondern es spiegelt sich in der heiteren Klarheit ihrer Seele, in der gesättigten Schönheit ihrer Werke. Solcher Art waren Raphael, Mozart, Goethe.

Niemand hat diesen elementaren Unterschied schärfer erfasst und klarer dargelegt als Schiller, der in Goethe und sich die Repräsentanten beider Gruppen kannte. Es ist sein Lieblingsthema, auf das er so oft als möglich zurückkommt, so z. B. in seinen Briefen an Goethe, im Aufsatze über naive und sentimentalische Dichtung, im Gedichte „Das Glück" u. s. w. Aber unwillkürlich hat er diese beiden Gruppen am schönsten charakterisirt in dem herrlichen Gedichte „Das Ideal und das Leben":

> Wenn das Todte bildend zu beseelen,
> Mit dem Stoff sich zu vermählen,
> Thatenvoll der Genius entbrennt,
> Da, da spanne sich des Fleisses Nerve
> Und beharrlich ringend unterwerfe
> Der Gedanke sich das Element.

Beharrliches Ringen, das ist das Kennzeichen der hohen Naturen, welche das Ideale dem todten Stoffe einbilden wollen.

> Aber dringt bis in der Schönheit Sphäre,
> Und im Staube bleibt die Schwere
> Mit dem Stoff der sie beherrscht zurück.
> Nicht der Masse qualvoll abgerungen,
> Schlank und leicht, wie aus dem Nichts gesprungen,
> Steht das Bild vor dem entzückten Blick.

„Schlank und leicht, wie aus dem Nichts gesprungen", das ist das Merkmal aller Schöpfungen Goethe's. Er richtet sein grosses, durchdringendes Auge auf die Natur, die ihn umgibt und vor seinem Feuerblicke schmilzt die Hülle der Dinge und er schaut das Göttliche in ihnen entschleiert vor sich liegen und er hält es fest in seinem Worte und schenkt es, wie Prometheus das gottentsprossene Licht, den Sterblichen. Daher waltet ihm die Gottheit nicht über der Natur, sondern sie ist ihm in der Natur, er schaut sie ja selbst in ihr, wer darf es also wagen, ihn des Irrthums zu zeihen? Wir haben bereits gehört, dass er dieses Schauen den Grund seiner ganzen Existenz nannte. Daher ist ihm jede Lehre unverständlich oder widerwärtig, welche einen Riss in die Welt macht und ihre harmonische Einheit in ein Diesseits und ein Jenseits spaltet, welche ihm das Göttliche in unerreichbare und unbegreifbare Ferne rückt. Darum wendet er sich von Jacobi's Philosophie unwillig ab, darum kostet es ihn schwere Mühe in Kant's Kritik der reinen Vernunft einzudringen, darum nennt er in einem Briefe an Lavater gewisse christliche Mysterien, „eine Lästerung gegen den grossen Gott und seine Offenbarung in der Natur". Daher ist ihm die Erkenntniss, dass die Natur und wir selber, die wir ja Kinder der grossen all-einen Mutter sind, erfüllt sind vom göttlichen Geiste, dass der göttliche Geist um uns und in uns nach ewigen, unabänderlichen Gesetzen waltet, der höchste Gewinn des Menschenlebens, und darin trifft er überein mit Spinoza, dem auch die höchste Erkenntniss ein Schauen Gottes ist, für den Geist und Materie nur zwei verschiedene Attribute des einen göttlichen Wesens bilden, das ewig nach den unverrückbaren Gesetzen seiner Natur schafft. Dieser Grundsatz Spinoza's offenbart sich dem jungen Dichter in Erinnerung der nächtlichen Stunden, wo er, von dem göttlichen Geiste ergriffen, in fast bewusstloser Weise seine Dichtungen mit derselben Nothwendigkeit schuf, mit der die wirkende Natur die Fülle ihrer Geschöpfe hervorbringt; er offenbart sich dem Dichtergreise in dem weihevollen Augenblicke, wo er den Schädel seines frühverblichenen grossen Freundes in Händen hält und die „gottgedachte Spur" an ihm bewundert. Da ruft er in hoher Begeisterung aus:

> Was kann der Mensch im Leben mehr gewinnen,
> Als dass sich Gott-Natur ihm offenbare,
> Wie sie das Feste lässt zu Geist verrinnen,
> Wie sie das Geisterzeugte fest bewahre!

Echt spinozistischen Geistes ist ferner das folgende tiefsinnige Gedicht, in welchem Goethe seine Gottesidee klar ausgesprochen hat:

> Was wär' ein Gott, der nur von Aussen stiesse,
> Im Kreis das All am Finger laufen liesse!
> Ihm ziemt's die Welt im Innern zu bewegen,
> Natur in Sich, Sich in Natur zu hegen,
> So dass, was in Ihm lebt und webt und ist,
> Nie Seine Kraft, nie Seinen Geist vermisst.

Spinozistisch ist es, wenn er gegen Albrecht von Haller von der Natur behauptet:

> Natur hat weder Kern,
> Noch Schale,
> Alles ist sie mit Einem Male.

Ganz in Uebereinstimmung mit dem Grundgedanken Spinoza's, sagt er, obwohl an eine antike Anschauung erinnernd:

> Wär' nicht das Auge sonnenhaft,
> Die Sonne könnt' es nicht erblicken,
> Lebt' in uns nicht des Gottes eigene Kraft,
> Wie könnt' uns Göttliches entzücken!

IV.

So schaut denn unser Dichter die Natur in Gott und Gott in der Natur, und wer hat die „leisesprechende" Allmutter besser verstanden als er? Goethe ist der Dichter der Natur. Während von den grossen Dichtern der modernen Zeit Dante gänzlich in einer übernatürlichen Welt lebt, in Hölle, Fegefeuer und Paradies, während Shakespeare und Schiller das verworrene Spiel des Menschenschicksals künstlerisch gestalten, enthüllt uns nur Goethe die ganze Fülle der Poesie, die in der Natur schlummert und führt uns hinaus in ihre schaffende Werkstätte und zeigt uns:

> Wie Alles sich zum Ganzen webt,
> Eins in dem Andern wirkt und lebt!
> Wie Himmelskräfte auf und nieder steigen
> Und sich die goldnen Eimer reichen!
> Mit segenduftenden Schwingen
> Vom Himmel durch die Erde dringen,
> Harmonisch all, das All durchklingen.

Bei seiner spinozistischen Ansicht von der Einheit Gottes und der Welt, welche Beziehung hatte Goethe zur Religion? Das Eine sehen wir bereits deutlich: Wenn man das Wesen der Religion in den Glauben an gewisse Dogmen setzt, so hatte Goethe keine Religion, wenn man den Kern des Christenthums in dem Fürwahrhalten bestimmter Vorstellungen über die Gottheit und ihre Stellung zur Creatur erblickt, so konnte Goethe seiner ganzen Geistesanlage nach kein Christ in diesem Sinne sein. Er suchte und fand das Göttliche nach seiner Weise, nicht nach irgend welchen positiven Vorschriften. Wie dem Hellenen erschien es ihm im Rauschen der Quelle, im Wipfel des Baumes, in dem Dämon, der seine Brust bewohnte; in diesem Sinne war Goethe ein antiker Heide. Denn das Wesen des classischen Heidenthums bestand darin, dass es allüberall eine Aeusserung des Göttlichen erkannte, dass das Göttliche allüberall sichtbar zum Menschen sprach, dass dieser nicht erst eines Mittlers bedurfte, um zu jenem zu gelangen. Dieses sein künstlerisches Heidenthum hat Goethe vielleicht nie schärfer und unzweideutiger ausgesprochen, als gegen Jacobi, welcher in dem schon erwähnten Buche der stark von Spinoza beeinflussten Philosophie Schelling's in der heftigsten Weise den Vorwurf eines erheuchelten Theismus machte und seinen alten Grundsatz wiederholte, Gott könne nie erkannt, sondern nur geglaubt werden, nicht in der Welt der Dinge, sondern in den Tiefen der fühlenden Vernunft, im gläubigen Herzen wohne die Gottheit. Da verglich sich Goethe, dessen innerstes Wesen einer form- und gestaltlosen Gottheit widerstreben musste, jenem Goldschmiede in der Apostelgeschichte, der zu Ephesus an dem Bilde der grossen Diana feilte, während draussen auf dem Markte Paulus den unsichtbaren Christengott und den Abfall von den Heidengöttern predigte:

> Da hört er denn auf einmal laut
> Eines Gassenvolkes Windesbraut,
> Als gäb's einen Gott so im Gehirn,
> Da hinter des Menschen alberner Stirn,
> Der sei viel herrlicher als das Wesen,
> An dem wir die Breite der Gottheit lesen.

> Der alte Künstler horcht nur auf,
> Lässt seinen Knaben auf den Markt den Lauf,
> Feilt immer fort an Hirschen und Thieren,
> Die seiner Gottheit Kniee zieren;
> Und hofft, es könnte das Glück ihm walten,
> Ihr Angesicht würdig zu gestalten.

Wenn man aber den wahren Werth der Religion in die tiefe Pietät für das Göttliche setzt und in dem Handeln nach diesem Gefühle, so war kein Mensch religiöser als Goethe. Wenn das Christenthum in der vollendeten Humanität, in der Liebe zu jeder Creatur besteht, so hat es keinen bessern Christen gegeben als Goethe. Trägt nicht die Iphigenie trotz ihrer antiken Gewandung den Stempel des Christlich-Humanen, das der Glanzzeit des antiken Geistes ganz ferne lag, auf der Stirn? Ist nicht an Goethe die Verheissung des Evangeliums an die Gläubigen zur Wahrheit geworden: Selig sind die reinen Herzens sind; denn sie werden Gott schauen? Vielleicht niemals war ein Mensch von der tiefsten Ehrfurcht gegen den „grossen Unbekannten" so durchdrungen, wie er, der „so gerne schweigt, wenn von einem göttlichen Wesen die Rede ist!" Ist das Verhältniss des Menschen zu Gott jemals in heiligen oder weltlichen Schriften frömmer und schöner ausgesprochen worden als in den „Grenzen der Menschheit" und in jenem Glaubensbekenntnisse des Faust, dem Menschenworte nicht mehr genügen, um das Gefühl des vom Allgotte erfüllten Herzens auszudrücken:

> Nenn's Glück! Herz! Liebe! Gott!
> Ich habe keinen Namen
> Dafür! Gefühl ist Alles;
> Name ist Schall und Rauch,
> Umnebelnd Himmelsgluth?

Und diese Gottesverehrung, die frei ist von Caerimonie und Dogma, wo hätte sie Goethe reiner und klarer ausgedrückt gefunden, als bei jenem Spinoza, der gebannt von allen Kirchen, in der selbstlosen Betrachtung des allgegenwärtigen Gottes das höchste Ziel des Menschen erkannte?

V.

Aber nicht nur den Gott, auch den Weisen des Spinoza hat Goethe zu seinem Eigenthum gemacht. Weise ist der welcher erkannt hat, dass alle Leidenschaften uns unfrei und zu Knechten der Aussenwelt machen, dass die Leidenschaften nur besiegt werden können durch die intellectuale Liebe zu Gott und den Menschen. Diese ruhige Liebe, welche ein Theil der unendlichen Liebe ist, mit der Gott sich selbst anschauend liebt, hebt den Menschen hinaus über Leidenschaften und Leiden :

> Entschlafen sind nun wilde Triebe
> Mit jedem ungestümen Thun;
> Es reget sich die Menschenliebe,
> Die Liebe Gottes regt sich nun.

Der Dichter wäre kein Dichter, wenn er nicht alle Leidenschaften des Menschenherzens erleben und verstehen würde. Es erscheint daher fast wie ein Widerspruch gegen das Wesen des Dichters, wenn er der Ruhe des Weisen Spinoza's zustrebt. Goethe selbst erzählt, dass die ausgleichende Ruhe des Spinoza mit seinem alles aufregenden Streben contrastirt habe. Aber der Dichter wird nur dadurch Dichter, dass er sich durch eine künstlerische That von der ihn beherrschenden Leidenschaft befreit. Die Schöpfungen Goethe's waren nach seinem eigenen Bekenntnisse solche Acte der Selbstbefreiung; Schmerz und Lust, die den Dichter erfüllt hatten, traten, zu ewigen Gestalten geformt, aus seiner Seele heraus. Diese Selbstbefreiung ist daher das wahre Ziel des Dichters und darin stimmt er überein mit dem Philosophen, ler auch, wie jeder Mensch, die zwingende Gewalt der Leidenschaft gefühlt hat, der sie aber, den Blick auf das Ewige gerichtet, überwindet durch eine philosophische That. Das wandellose Gefühl, welches die künstlerisch oder philosophisch befreite Brust durchdringt, ist die selbstlose Gottes- und Menschenliebe. Diese Liebe verzichtet auf allen persönlichen Vortheil, sie findet ihre Befriedigung in sich selbst, sie ist in Beziehung auf das Leben Resignation. Wer wahrhaft resignirt ist, der ist ruhig, der ist heiter, denn nichts

18

kann ihn erschüttern, nichts kann ihn betrüben. Diese Seelenstimmung, die sich ein für allemal im Ganzen resignirt hat, um allen partiellen Resignationen auszuweichen, zeigte dem von Sturm und Drang erfüllten Jüngling, dem Schöpfer des Werther und des Faust, die Ethik des Spinoza, und das Ziel seines Lebens war ihm gegeben. „Ich fand hier eine Beruhigung meiner Leidenschaften, es schien sich mir eine grosse und freie Aussicht über die sinnliche und sittliche Welt aufzuthun," so schildert er den ersten Eindruck, den die Lehre seines Philosophen auf ihn gemacht hatte. Diese freie und erhabene Aussicht, gleich der von dem Gipfel eines hohen Berges, er hat sie dauernd errungen durch Gestaltung seines eigenen Selbst. Das grösste Werk Goethe's, zugleich das grösste Kunstwerk der neueren Zeit, ist nicht der Faust oder die Iphigenie oder Hermann und Dorothea — das ist Goethe selbst, das ist jenes Bild harmonischer Vereinigung aller menschlicher Fähigkeiten, welches uns in Wahrheit und Dichtung enthüllt wird, das die Entdeckungen der täglich immer mehr anschwellenden Goethe-Literatur immer schärfer zeichnen.

Auf dem Angesichte dieses Repräsentanten der modernen Menschheit, wie er hervorgegangen ist aus den Kämpfen und Stürmen eines reichen, langen, bewegten Lebens, lagert die classische Ruhe, wie auf den Zügen des olympischen Zeus, strahlt die unendliche Heiterkeit, die uns aus dem Antlitze der griechischen Götterbilder so geheimnissvoll entgegenlächelt. Eine unverständige Mitwelt, die Börne und Genossen, hat ihn einen Egoisten gescholten, weil er für ihre kleinen, dem Augenblicke geweihten Bestrebungen keinen Sinn hatte; sie ahnten nicht die Hoheit eines Geistes, der für sein Individuum resignirt, nur bestrebt war, Natur und Geschichte zu überschauen und zu durchschauen, dass einem solchen Geiste die gemeine Gegenwart in Nichts verschwinden musste.

> Wer in der Weltgeschichte lebt,
> Dem Augenblick sollt' er sich richten?
> Wer in die Zeiten schaut und strebt,
> Nur der ist werth zu sprechen und zu dichten.

Andere haben ihn als Einen der Glücklichsten beneidet; sie bedachten nicht, dass man wahrhaft glücklich nur durch den unerschütterlichen Frieden der Seele sein könne, dem die Launen des Schicksals, die Bosheit der Menschen nichts mehr anhaben. Nicht sein Geschick, seine Gesinnung war glücklich und sie war es nur durch die tiefe Resignation, von der sie durchdrungen war. Welcher Art sein vielgerühmtes Glück war, mag aus folgenden zwei Aussprüchen hervorgehen, die er nach Betrachtung seines Lebenslaufes that: „Man hat mich immer als einen vom Glück besonders Begünstigten gepriesen; auch will ich mich nicht beklagen und den Gang meines Lebens nicht schelten. Allein im Grunde ist es nichts als Mühe und Arbeit gewesen und ich kann sagen, dass ich in meinen fünfundsiebzig Jahren keine vier Wochen eigentliches Behagen gehabt. Es war das ewige Wälzen eines Steines, der immer vom Neuen gehoben sein wollte." Ferner: „Erst war ich den Menschen unbequem durch meinen Irrthum, dann durch meinen Ernst. Ich mochte es anstellen wie ich wollte, so war ich allein." Auch der beschneite Gipfel strahlt heller im Sonnenlichte, als die dunklen Berge, die ihn umgeben, aber er ist einsam, ohne Genossen.

Goethe hat niemals Jemanden beneidet, mit Hass verfolgt oder zu seinem Zwecke ausgenützt. „Uneigennützig zu sein in allem, am uneigennützigsten in Liebe und Freundschaft, war meine höchste Lust, war meine Maxime, meine Ausübung, so dass jenes freche spätere Wort: „„Wenn ich dich liebe, was geht's dich an?"" mir recht aus dem Herzen gesprochen war." Er war ein Priester jener intellectualen Liebe des Spinoza, in die alles egoistische Wollen auf immer untertaucht.

VI.

Ich habe bereits erwähnt, dass Goethe nicht Spinozist war. In Wahrheit und Dichtung erklärte er, dass er sich hauptsächlich durch den Gegensatz zwischen seiner aufgeregten dichterischen und der contemplativen, abstract angelegten Natur Spinoza's zu diesem hingezogen gefühlt habe, dass durch eine nothwendige Wahlverwandtschaft die Vereinigung der verschiedenartigsten Wesen zu Stande kam. Aber es war nicht nur ein solcher Contrast der Naturen vorhanden, der sich ja in der gleichen Betrachtung der höchsten Dinge ausglich, die Goethe'sche Weltanschauung schreitet thatsächlich über Spinoza hinaus. Um die Punkte zu finden, durch welche Goethe den Gedankenkreis des Spinoza durchbricht, müssen wir abermals die Eigenthümlichkeit des Goethe'schen Denkens und Dichtens näher zu erfassen versuchen.

Vor der Gott-Natur des Spinoza hat alles Endliche, alles Einzelne nur eine vorübergehende Existenz. Wie die Welle aus dem Meere sich erhebt und spurlos in das Meer zurücksinkt, wie der Funken aus der Flamme aufsteigt und zurückfallend wieder von der Flamme verschlungen wird, so taucht das Individuum aus der Fülle der Gottheit hervor, um nach kurzem bedingten Sein in sie zu verwehen. Das Individuum in seiner Beschränktheit, in dem Taumel seiner Leidenschaften, in dem Truge seiner unvollkommenen Erkenntniss, ist gleichsam ein krankhafter Zustand der Gottheit, und die anschauende Erkenntniss der Gottheit, die intellectuale Liebe, der Heilungsprocess von dieser Krankheit, denn durch sie wird der endliche Geist ein Theil des göttlichen, er geht wieder ein in die Fülle des göttlichen Lebens. Hegel hat den schlechten Witz gemacht, dass Spinoza an der Schwindsucht starb, übereinstimmend mit seinem Systeme, in dem auch alle Besonderheit und Einzelheit in der einen göttlichen Substanz verschwindet.

Auch Goethe hat in manchen Stimmungen den Trieb gefühlt, sich mit der Gottheit zu vereinen. Das ist ja das Beginnen des Faust, der den Erdgeist anruft, sich ahnungsvoll vermessend,

> Durch die Adern der Natur zu fliessen
> Und schaffend Götterleben zu geniessen.

Den prägnantesten Ausdruck hat Goethe dieser Sehnsucht in der Anfangsstrophe des Gedichtes gegeben, welches, bezeichnend genug, mit „Eins und Alles" überschrieben ist:

> Im Grenzenlosen sich zu finden,
> Wird gern der Einzelne verschwinden,
> Da löst sich aller Ueberdruss;
> Statt heissem Wünschen, wildem Wollen,
> Statt läst'gem Fordern, strengem Sollen,
> Sich aufzugeben ist Genuss.

Aber das konnte nicht die bleibende, nicht die Grundstimmung des Dichters sein. Vor dem Auge des Philosophen mögen alle Einzeldinge verschwinden in die Einheit des Göttlichen, der Dichter muss dem Einzelnen, dem Individuellen einen selbständigen Werth zuerkennen. Denn das ist ja die Aufgabe der Kunst, das Allgemeine, Ewige, Schöne einzubilden in die Form eines Individuellen. Die Individuen müssen daher für den Künstler einen ewigen, bleibenden Kern in sich tragen, sie müssen, soll es überhaupt eine Kunst geben, sich behaupten in ihrer Eigenart gegenüber dem allumfassenden Göttlichen. Daher erblickt das Auge Goethe's die Einzeldinge jedes in seinem ihm eigenthümlichen Charakter und betrachtet jedes als selbständigen Ausdruck des Göttlichen. Daher stellt sich ihm die Welt dar als eine unendliche Fülle sich behauptender Wesen, die in dem Allgotte geeint und von ihm durchdrungen sind. War er doch selbst der Schöpfer einer Reihe von Gestalten, die sich aus seinem Innern losgerungen hatten, von denen er sagen durfte, was er den Tasso von dessen Schöpfungen sagen lässt: „Ich weiss es, sie sind ewig, denn sie sind." Eine contemplative Natur, wie Spinoza, mochte das Höchste in der Selbstaufgebung erblicken, ein dichterisch schaffender Geist, wie Goethe, musste noch Selbstbehauptung verlangen. Daher fasst er die Idee der persönlichen Unsterblichkeit der grossen Geister, eine Idee, welche mit dem Grundgedanken des Spinozismus, der nichts Ewiges, als Gott kennt, in directem Widerspruche steht. Daher ruft Faust im Augenblicke seines Todes aus:

> Es kann die Spur von meinen Erdentagen
> Nicht in Aeonen untergehen.

Daher preist Goethe den Besitz ureigener, sich unter allen Verhältnissen behauptender Individualität als das herrlichste aller Güter:

> Volk und Knecht und Ueberwinder,
> Sie gestehn zu jeder Zeit:
> Höchstes Glück der Erdenkinder
> Sei nur die Persönlichkeit.
>
> Jedes Leben sei zu führen,
> Wenn man sich nicht selbst vermisst;
> Alles könne man verlieren,
> Wenn man bliebe, was man ist.

Das Individuum erscheint G o e t h e n ganz nach antiker Weise von einem Genius, einem Dämon beseelt, welchem es das verdankt, wodurch es etwas ganz Einziges, Unwiederholbares wird; dieses ureigene, unzerstörbare Sein zeigt sich bereits an dem Tage, wo das Individuum in's Leben tritt und verharrt mit ihm durch alle Stadien seiner Entwickelung; das ist es, was der Volksgeist ahnend ausdrückte, wenn er in der Stellung der Gestirne an dem Tage der Geburt den ganzen Lebenslauf des Menschen vorgezeichnet findet:

> Wie an dem Tag, der dich der Welt verliehen,
> Die Sonne stand zum Grusse der Planeten,
> Bist alsobald und fort und fort gediehen
> Nach dem Gesetze, wonach du angetreten.
> So musst du seyn, dir kannst du nicht entfliehen,
> So sagten schon Sibyllen, so Propheten:
> Und keine Zeit und keine Macht zerstückelt,
> Geprägte Form, die lebend sich entwickelt.

„Sich entwickelt". Hier ist der zweite Punkt, wo G o e t h e über S p i n o z a hinausschreitet. In dem unendlichen sich stets gleichen All-Einen, welchem die Einzeldinge wesenlos gegenüberstehen, kann es kein Weniger und kein Mehr geben, in ihm kann nichts werden, denn es ist schon alles in allem, in ihm ist also eine Entwicklung, welche ein stetiger Fortschritt vom Niederen zum Höheren, vom Einfachen zum Zusammengesetzten ist, unmöglich. Darin gleicht der Gott S p i n o z a's völlig dem Gotte, der zu M o s e n aus dem Dornbusche sprach, dass er wie dieser ausrufen kann: Ich bin, der da ist, der da war, der da sein wird. Auch dieser Anschauung hat G o e t h e Ausdruck gegeben:

Spinoza kennt keine Geschichte der Natur und der Menschheit. Er hat den Blick nur auf das Ganze der Natur gerichtet, nicht auf die Einzeldinge, er wendet sich ab von der menschlichen Gesellschaft, die ihm zwar ein mächtiges Werkzeug für den materiellen und geistigen Nutzen der Einzelnen, aber kein organisches Ganze ist, und verlangt von ihr nur, dass sie ihn in seinem Sinnen nicht störe, dass sie die Freiheit des Gedankens unangetastet lasse. Er hatte zu Bitteres von den Menschen erfahren, als dass er in ihrer Vereinigung ein höheres Gebilde hätte erblicken können. Goethe hingegen dringt nicht nur als Dichter, sondern auch als Forscher in Natur und Geschichte ein und zeigt, wie hier ein ewiger Stufengang stetiger Vervollkommnung vorhanden ist, er betrachtet die vernünftige Welt „als ein grosses unsterbliches Individuum". Durch den „Superlativ" seiner Naturbetrachtung, durch die Aufzeigung der Umbildung und Entwickelung in den Naturgebilden, durch seine intuitiven Entdeckungen der Metamorphose der Pflanze, des Zwischenkieferknochens beim Menschen, der Umbildung der Schädelknochen aus Wirbeln ist er ein Mitbegründer der modernen Naturanschauung geworden, welche eine so ungeheure Umwälzung auf den Gebieten der gesammten Naturwissenschaft hervorgerufen hat. Ich will nicht die viel umstrittene Frage entscheiden, ob Goethe ein Anhänger oder Gegner der Entwickelungstheorie gewesen wäre in der Fassung, die ihr Darwin gegeben hat, so viel ist gewiss, dass ihm die Natur in der Fülle ihrer Mittel mächtig genug erschien, die ganze Reihe der organischen Gestalten aus eigener Kraft hervorzubringen.

Der Begriff der Entwickelung ist die reifste Frucht des deutschen Geistes im vorigen Jahrhundert. Während andere Zeiten und andere Völker die Vergangenheit vom Standpunkte ihrer Gegenwart beurtheilt und nach ihrem Denken und Fühlen sich ausgemalt hatten, darin den Malern des Mittelalters gleichend, die alle Personen geistlicher und weltlicher Geschichte mit dem landesüblichen Costüme bekleideten, taucht dem deutschen Geiste die Erkenntniss auf, dass jede geschichtliche Erscheinung ihr eigenes Recht und ihr eigenes Mass besitze und dass alle zusammen eine Reihe aufsteigender Entwickelung bilden. Dieser Gedanke lag vorbereitet in der Philosophie des grossen L e i b n i z, er wurde fruchtbar durch den gewaltigen Genius L e s s i n g's, der entgegen den Vorstellungen der Orthodoxie und der platten Aufklärerei die Geschichte der Religion als eine fortschreitende Offenbarung, als eine stetig veredelnde Erziehung des Menschengeschlechtes zu Vernunft und Freiheit auffasste. Dieser Gedanke trieb H e r d e r an, in seinen Ideen zur Philosophie der Geschichte den Fortgang unseres Geschlechtes von der niedersten bis zur höchsten Stufe zu verfolgen, wobei jede vorangehende Stufe nothwendig die folgende trägt. Dieser Gedanke erschloss endlich G o e t h e n das Geheimniss, welches alle Wesen der Welt, alle Erscheinungen aller Zeiten zu einer ununterbrochenen Kette zusammenschlingt.

Selbständigkeit des Einzelnen, Entwickelung des Ganzen, hier steht G o e t h e dem S p i n o z a selbstbewusst gegenüber. Seine Weltanschauung war die reichere, lebendigere; man hat die Philosophie des S p i n o z a Akosmismus, ein System der Weltlosigkeit genannt, weil in ihm alles aufgeht in die eine wahrhaft seiende Gott-Substanz; G o e t h e findet zu dem Gotte die Welt wieder, die zwar von dessen Geiste durchdrungen ist, aber zu mannigfaltige Fülle enthält, um im Grunde nur eine unterschiedslose Einheit zu sein.

Ob die Principien, welche dem G o e t h e'schen Weltbilde zu Grunde liegen, philosophisch mit einander vereinbar seien, ist eine Frage, über die sich streiten lässt; aber künstlerisch waren sie zu einer harmonischen Einheit verbunden, denn sie entsprangen einer untheilbaren Natur, die stets mit sich selbst in Uebereinstimmung war.

> Theilen kann ich nicht das Leben,
> Nicht das Innen, noch das Aussen,
> Allen muss das Ganze geben,
> Um mit euch und mir zu hausen.
> Immer hab ich nur geschrieben,
> Wie ich fühle, wie ich's meine,
> Und so spalt' ich mich, ihr Lieben,
> Und bin immerfort der Eine.

VII.

Das Verhältniss G o e t h e's zu S p i n o z a war nicht nur von grossem Einflusse auf den Entwickelungsgang des Dichters, es ist auch von grosser Bedeutung für das Leben des deutschen Geistes gewesen. Die stolzen Gebäude der Systeme des deutschen Idealismus, welche ein halbes Jahrhundert lang den Genius unserer Nation beherrschten, die von unserer heutigen prosaischen Nüchternheit mitleidig belächelt werden, die eine unbefangenere Zukunft jedoch gewiss als glänzende Monumente einer grossen Epoche anerkennen wird, sie ruhen nicht zum geringsten Theile auf dem Boden des Spinozismus. G o e t h e war der erste, der mit genialem Blicke das innerste Wesen des spinozistischen Geistes erfasst hat, der erkannt hat, dass der Lebenskern des S p i n o z a ein religiöser sei, dass der scheinbare Atheist nach nichts anderem gestrebt hatte, als nach voller Erkenntniss des Göttlichen. Diese Auffassung des S p i n o z a wurde bald nachdem der Dichter seine herrlichsten, von der Anschauung der Einheit und Göttlichkeit der Natur erfüllten Werke der Welt geschenkt hatte, die allgemein herrschende.

Genau hundert Jahre, nachdem W a c h t e r das menschliche Geschlecht „anpfuyen" wollte, weil es ein so entsetzliches Werk wie die Ethik hervorgebracht habe, fordert der grösste protestantische Theolog der neueren Zeit seine Gesinnungsgenossen auf, mit ihm eine Locke den Manen des heiligen, verstossenen S p i n o z a zu opfern, der voll Religion und voll heiligen Geistes war; da hören wir den schwärmerischen, von der Sehnsucht nach der blauen Blume erfüllten Sänger des Heinrich von O f t e r d i n g e n den S p i n o z a einen gotttrunkenen Mann nennen.

Es ist wohl mehr als Zufall, dass die Schöpfer der drei einflussreichsten idealistischen Systeme, welche die Welt aus einem Stücke erklären wollten, in persönlichen Beziehungen zu G o e t h e standen. Am Ende des vorigen Jahrhunderts lehrte S c h e l l i n g, am Anfange des unsrigen vereint mit seinem älteren Freunde H e g e l in Jena, sozusagen unter den Augen des Dichters. Aus den Jahren 1816 und 1819 berichtet

Goethe, dass er mit einem „meist verkannten, aber auch schwer zu kennenden verdienstvollen jungen Manne" verkehrt habe; es war Arthur Schopenhauer. Diese drei Denker, so weit sie sonst in ihren Principien differiren mögen, kommen in zwei Punkten vollständig überein: darin, dass die Welt aus einem Stücke sei, dass ihr ein einziges Princip zu Grunde liege, dass die wahre Erklärung der Dinge nothwendig monistisch sein müsse — und in der unbedingtesten Bewunderung Goethe's. Es ist wohl keine allzu gewagte Hypothese, wenn man behauptet, dass der Anblick der von einer einheitlichen Weltanschauung erfüllten Persönlichkeit Goethe's dazu beigetragen habe, sie dem Musterbilde philosophischen Monismus, dem Spinoza, näher zu bringen. Bei Schelling, dem die Kunst als die höchste Aeusserung des Geistes gilt und der in seinen Vorlesungen über die Methode des akademischen Studiums dem Meisterwerke Goethe's die glühendste Begeisterung weiht, ist der Einfluss des Dichters am klarsten. Das Absolute Schellings, welches später Hegel's Idee erzeugte, ist eine Conception, an welcher der Lieblingsphilosoph Goethe's nicht den kleinsten Antheil hat. Aber auch der Weltschöpfer Schopenhauer's, so sehr sich der Philosoph gegen diese Verwandtschaft sträubt, ist doch ein Sohn der Gott-Substanz des Spinoza. Schopenhauer hat nur eine blutige Operation mit ihm vorgenommen; er hat ihn guillotinirt, der Kopf, das Denken ist ihm abgeschlagen und es bleibt nur der blinde Wille zurück, der den dummen Streich begeht, eine Welt zu schaffen, wie sie in ihrer ganzen Schlechtigkeit nur ein kopfloser Gott hervorbringen kann.

VIII.

So haben wir denn gesehen, wie die Lehre des einsamen Märtyrers vom Haag, nachdem sie ein Jahrhundert in todten Buchstaben verborgen geruht hatte, unsern grössten Dichter zu seinen tiefsten Anschauungen von Gott und Welt anregt; wir haben bewundernd auf den Gewaltigen geblickt, der selbst da, wo er sich ganz hinzugeben scheint, nie seine Selbständigkeit, seine Einzigkeit verliert, der Anderer Ansichten nur insoweit in sich aufnimmt, als sie mit seinem Ich harmoniren, der nie auf eine einzige Lehre schwört, sondern „sich einer jeden durch Menschen und den Menschen offenbarten Weisheit als Schüler hingibt“.

Wir haben die Keime verfolgt, die er unbewusst ausstreut, die in dem Leben des deutschen Geistes kostbare Früchte getragen haben.

Das grösste Schauspiel, das die Geschichte bietet, ist der Feuerstrom der Ideen, der durch die Zeiten fluthet. Die höchste Befriedigung, die dem Denkenden zu Theil werden kann, ist es, zu schauen, wie die leuchtende Flamme von Säculum zu Säculum wandert; wie Gedanke an Gedanken sich entzündet, wie kein Funken in dem geistigen Kosmos verloren geht, sollte er noch so lange scheinbar erloschen sein. Ich wünsche, dass es mir gelungen sein möge, dies an dem Beispiele eines grossen Denkers und seiner Einwirkung auf einen grossen Dichter erhärtet zu haben.

GOTTLIEB GISTEL & COMP., WIEN, STADT, AUGUSTINERSTRASSE 12.